薄明穹

楠 誓英

短歌研究社

まぎれもない痕跡の
境域へ
送りこまれて――

パウル・ツェラン「迫奏《ストレッタ》」より
飯吉光夫訳

もくじ

I ―――― 11

III

表紙絵　森馬康子
題字　山根瓦清
デザイン　八幡一生

薄明穹

I

坂道のはて

おそらくは玄関があつた地震《なゐ》ののち潮風を長くそこにとどめて

モザイクのタイルをおほふ草の中お風呂ではしやぐ子らの声せり

階段は途切れて鳥ととびたてば須磨の海ゆく帆船の見ゆ

はなびらは吹き込みやがて屈葬のごとく眠れる少年の辺へ

陶器市の旗ははためき売れ残る皿の唐子もあをく暮れゆく

ずぶ濡れの靴が軒下にゆれてをり後ろにわきたつ白雲はあり

アスファルトはがしたやうな春の日はさうだ赤子のミイラ見に行かう

上らざる坂道のはて灯のしたにしろく散りゆく桜一本《ひともと》

名も顔もみな忘れはて草のなか茶碗のかけらも墓標となれり

仏陀の歩み

てのひらの菌を殺せば遠つ世の仏陀のまなこに翳のさしたり

透明なアクアリウムのくるしさよビニール越しに硬貨は渡る

コロナビールは厭はれ生産国へ

名にし負へば船の底ひにゆれて立つ木箱の闇にコロナビールは

休校のつづく教室　仰向けのまま冷えてゆく椅子の墓原

生徒をらず駐輪場はぬかるみてただ五月尽のひかりをとどむ

泳ぐひと無きままプールに藻のはりて鳥獣虫魚の棲みかとなるを
猟銃を抱きて眠らむこの夜も増えゆく死者の数字をうつす

AED講習

マスク越しに息吹き込めよと声のして潰されつづくマネキンの胸

うつすらと乳首を見せて仰向きぬ眼球のなきまなことなりて

ふかくふかく息吹き込めば血は激ち霊獣のごとき角も生えくる

奪ひあふこの世の終はり牛頭《ごづ》馬頭《めづ》の神仏恋ふる時こそ来たらめ

胸骨が折れてもひたに圧しつづけよいつしか爪は蹄となりて
まなこ閉ぢ見えざるものをおもふとき象のやうなる仏陀の歩み

兄国

遠山に輝く向かうわきたちてやがて身内《みぬち》を濡らさむ雲は

風切羽切られてうかぶ白鳥のまなこに歪んだ青のあること

うすく濃くかげの重なる林にて樹になる前の亡兄《あに》にあひたり

ここは地下納骨堂のある寺だ庇は雨に重くさがりて
雨ふくみ頭《づ》を傾ける紫陽花の地中にひかる納骨堂は

乗りし子も親になること二こぶのラクダの遊具草に朽ちゆく

心《しん》と身《しん》　性の合はざる夕まぐれ野鳥図鑑の鵤《いすか》の嘴《はし》よ

この父もいつか追憶のひとになる尽十方《じんじっぽう》夏日はゆれて

水の面のひかりまばゆき川辺にて洋凧《カイト》にひかるる小さき男の子

足もとに影を集めて立ちつくす昏き歩哨と夏の木立は

橋桁にゆらぐ光を見つめをり兄国《えくに》へつづく窓ひらくまで

アヌビスの顎

崖にそふベランダの夜に一点の煙草のあかり消ゆるまで見つ

一点の煙草のともし消えはててきりぎしの家闇にせり出す

雨ののち魚の臓物《わた》のにほひして路地の底ひに光《かげ》のゆらめく

掌をふかくひたしてすくふとき沈没船のごとく豆腐は

崖ぞひの軒にそよげる鯉のぼり岩肌に尾を削られながら

高台のサナトリウムの跡にたつ老人ホームの白き門《ゲート》は
いま路地をかよへる死者は吾が頬のとがりに露をのこしてゆけり

水兵のねむりを眠れ早朝のプールの底をふれし身体よ

ひかがみに淡き闇ため立つたまま眠れる少年こずゑとなりて

鶏姦とふ哀しきひびき知りてよりかくまで淡き少年の膝窩《しつくわ》

いつからが死後なのだらう滝壺にまはりつづけるボールのありて

アスファルトの下に眠れる土はみな雪知らぬまま雪を夢見む

空色のあをかすれゆく長椅子はバス停跡に残されたまま

桟橋にタイヤは半ば沈みをり小さき魚《うを》を遊ばせつつも

身をひらに浅瀬をおよぐ黒き鯉うろこの金にひかるたまゆら

捕へられ高架の下につながるる自転車は死を待つ貌に似て

底流に足すくはれしきみの眼にアヌビスの長き顎《あぎと》がうつる

美しい崖

石段《いしきだ》の泥《ひぢ》は乾けり台風ののちを流れて炎暑の川は

朝つゆにぬれて草生にしづもれる土鳩の臓物《わた》もひえびえとあり

対岸の陽の射すところ神坐《ま》してひかりが野球少年となる

廃屋をのみ込んで咲く野朝顔のひとつひとつの青色の脳

まなうらの兄の姿もくづれゆく魚鱗《うろくづ》の雲ひとり見てゐる

こんなにもさびしき夜の入り際に鵜となりて橋を見下ろす

夕闇にしろく浮かびて沈みゆくマスクは顔の肉塊《ししむら》となり

歩道橋も橋とおもへば階段《きざはし》に川面のひかり揺らぎはじめる

高架下のフェンスのなかは穢れなき土にてあれば小さき神坐す

真っ白な梯子は空に沈みゆくプールの面に流れゆく雲
ハイウェイの隅にゆれたる狗尾草《ゑのころ》よ記憶の湖《うみ》の底を灯して

ぬいだシャツで胸をふくきみ遠ければ海境《うなさか》にたつ檣《ほばしら》となる

すれ違ふ電車の窓に立つひとのまなこは崖をうつしつづけて

ふざけあひきみの心音ききし耳はしんしんと湧く湖底のいづみ

人ならば頸にあたらむ高塀に白さるすべり花をのせゐて

死んだこと気づかぬひとも立つてゐる緑濃き山のカーブミラーに

もう二度とあはぬことさへ分かつてる照り翳りきみは美しい崖

薔薇窓

薔薇窓の光と影を集めたつ樫の一樹を見下ろしてゐつ

シベリウス　美しき名を知るきみの髪をかきやると耳朶のかたちは

老優のやうにも見ゆる冬薔薇の褪せた一輪灯りにうかび

こんなにも羊歯におほはれきみの前なんにも言はない樹は僕だつた

陰惨に抜かれし牛の舌に似てジャーマンアイリスくらき花弁よ

この街の地中しづかにめぐりたる排水管の朽ちゆくが見ゆ

風が指を指が風を呼び鳥形のオカリナを吹く土手にすむ男

背中より刺しとほしゆく刀身の銀の光よ鱧を食みつつ

吊革に青年の疲労つるされて時折見ゆる腋窩のかげり

沈みたる中洲の樹々はゆらぎをり水中の死者を呼びよせながら

屋上に鳩舎もちたし紺瑠璃の空にふれたる白鳩あつめ

灯のしろくにじみて流るる路地となる雨にぬれたるきみのうなじの

完全な自死などなくて長雨に腐《くた》しし白き薔薇《さうび》一輪

大きツリー

下枝《しづえ》より落ちたる雪のひかりあり十指をきみの髪に沈めて

ああひとは見たいやうにしか見ないのだ父のまぶたに眼球うごく

猛獣となりて華やぐ月光の及ばぬ道は連れたる犬も

ビニールのなかにしだいに湿りゆく朽葉のごとくマスクのひとよ

櫂の打つ水の響きの残りゐるボートは月に打ち寄せられて

氷塊をいれたるグラスくもりゆくジャカルタ沖に消えし機体は

想ひびとなどゐない宵の入り際に仰げばそこに昏き架け橋

休むなどたやすくできぬこの世にて橋桁は網におほはれてゐつ

転生をするならビルにはりついて踏まるることなき非常階段

時々はあの世へ行くのに使はれて非常階段に花蕊たまる

左肩傾けまるごとひとをのむ海へと向かふ鈍色のバス

うたれしは手首と聞ける少年の青白き筋にナザレはありて

すべり台のすべりの部分凹みゐて桜の花がはりついてゐる

ゆふぐれの峰にとどかぬ雲のあり　恋する前をなんといふのか

ボウリング場去りし廃ビルの屋上に取り残されて巨大なピンは

脚元よりさびついてゆく歩道橋　階段《きざはし》はすでに冥府にありて

あんなにも遠くの道を濡らしつつ雨は灯の下のあなたをつつむ

風景を指でなぞれば闇ふかくたまれるところ深き川あり

病床にきみは臥すゆゑ雪渓をこえて白狼夢に立ちたり

きみの街は凍雪《いてゆき》だらう街灯に集まつて降る春の雨見ゆ

灯にまみるる大きツリーを見下ろしぬ死者も見てゐるそのてつぺんを

II

檸檬忌

「疼」の字の最後の冬の点は伸び横雲かかる檸檬忌となる

肺を病む独りのごとく細りつつ梶井基次郎文学碑あり

血痰に鰭の生えきて泳ぎ去るまでをかがんで見てゐる男

はたはたとひとのかたちの灯はともり湯ヶ島はいま夜の内側

電灯にあらはれ夜に沈みゆくあなたは闇だ狂ほしいほど

『伊豆の踊子』の校正

校正を終へて戻れる暗き道雪虫はとまる火照つた頰に

縊《くび》るのにふさはしい樹だ青黒き松のうちよりきみの声して

火の肺の沈む肋に天井の闇をひき連れ蠅のとまれり

ドミートリーの独白のごとく坂は尽き闇の器の谿を見下ろす

蹄鉄のかたちに肺尖くるしくて牛乳壜に墜ちる冬蠅

喘ぎあへぎ坂をのぼりて手を置きしきみの電柱にわれも手をおく

瞑目する木々に囲はれきみの見る百合の花　死者の蹠《あうら》のやうな

肺胞のひとつひとつの燃え尽きてきみは暗がりに立つピラカンサ

『罪と罰』のソーニャのごとき腕のなか安らぐ夢もあつたであらう

月かげに対岸のさくら照らされて維管束をのぼるきみの体液

茂みへと礫《つぶて》を落とす暗がりにうごめく者《もの》をみつめるための

うつ伏したきみの頭蓋か卓上にひそとおかれて在る晩白柚

樹の下に暗く燃えたつピラカンサきみの思念の立ちたるやうな

暗闇の深きところに手をのばすそれが一枚のドアでなくても

昏き眼

京の国宝展

主役にはなれない稚児がほのぼのと絵巻の隅に頬杖をつく

みな同じ顔のはりつき雲のうへ供養菩薩のくりぬかれし眼

かつて即位灌頂が存在した

天皇《すめらぎ》を仏《ぶつ》は捨てたまふ暗闇の淵より出でし灌頂《くわんちやう》法具

耳塚に鶏頭の供花赤黒く死は終はりなき始まりなれば

つらなりて下よりひらく立葵ぬかれなかつた目玉のやうに

鼻をかへせ耳をかへせ　塩壺の面にあまた指紋はうかび

石垣にこすれて咲けるドクダミの白に囲はれ耳塚はあり

鉄釘の錆はながれて白壁に生まれなかつた子の影ゑがく

揚州八怪

爪と指で描きし山水ほそほそと瀧らしきものそこに残して

文人に女はをらず騾《ら》に乗りて春霞に消えゆく鬢髪《びんぱつ》が見ゆ

仕官せねば書画を売るのみ硯には昏き眼をとろんと落とし

性愛の藍

洪水に沈みし街もあることを水底《みなそこ》のごとパンは照らされ

刈られたる草道ゆけばあらはるる川へとつづく白き階段《きざはし》

ほの昏き仔馬の瞳よたぐりゆく言葉のまへの暁《あかとき》に似て

草原を過ぎゆく雲のかげのなか白きイーゼル残されたまま

甲子園の夢は潰えて少年の嗄声しづけし晩夏のはたて

防鳥網に吊るされし雀まなこには金の稲穂のそよぎてゐたり

流れゆく銀河の星よねがはくは逆さ雀にひとつ落ち来よ

高架橋を仰げばくらきしづもりの線路の間《あはひ》は底ぬけの空

難陀《なんだ》阿難《あーなんだ》ととなふるに残照の父のため流す涙《なんだ》もあらむ

水中をただよふ白き骨壺よ雨は墓原をぬらしつづけて

この街の臟腑《はらわた》あたりに河ありて少年たちも流されてくる

錆びついた朝礼台の真下には鳩のま白き頭蓋のありて
入れかはりさし交はす二羽の雄鳩の性愛の藍《あゐ》まなうらにあり

死魚の眼

台北市、金宝山筠園にて

防腐処理されて眠れるテレサ・テン抜かれし臓物《わた》のありかをおもふ

曇天より伸びくる大きてのひらに潰さるれども螢、テレサ・テン

鄧《デン》・麗君《リージュン》と呼ばれてよこたふ汝《なれ》の耳に夕べあかるき雨は伝はる

朽ちてゆくこと許されずふたひらの耳をとがらせ眠るテレサは

まなぶたの中には永遠《とは》の闇が棲むテレサの義眼は夢みるかたち

くりぬかれし後の眼窩のしづもりの病棟を胸に帰り来たれり

枇杷の実ほどの眼窩をもちたる獣骨を鞄に入れて街にくりだす

私性《わたくし》を読まるることにあらがへば紅衛兵のごとき日の暮れ

脳天を撃たれし馬の四脚の止まるまでをり冬の厩舎に

大鷭《おほばん》の嘴《はし》しろくして曇天を映したる湖《うみ》あさりつつゆく

からまつた藻草のひかり水槽の魚《うを》の無視する死魚のまなこに

地下道に水湧く音の聞こゆれば泉の心臓さぐりてゆかむ

水の藻にからまり果てし少年の踵みえたり暗渠のおくに

吹雪く夜に屋内プールに浮かびたり天窓を打つ雪を見てゐる

鉄条の下の隙間の悪霊《デーモン》よ　くぐらうとして死ぬる白鳩

しらじらと地下街は明かり吐き出して地下への口にひとはのまれて

さばかれし死魚の眼《まなこ》にうつりゐるスーパーの奥の丸窓のひかり

鯨の心臓

「元少年」とふ言葉のおもてざらつきてギプスのあとのしろき肌《はだへ》は

コスモスの首斬りゆかば彼の岸の金の花野にたどりつかむや

頭のみ浮かびてやがて沈みゆく夕空を背に歩道橋あり

いつまでが「元少年」かふりおろしたハンマーにのこる少年の貌

本当の名は知らぬまま離《か》れしひとの恥骨あたりのほくろをおもふ

あんなにも昏いビルにも住んでゐるぼろい室外機まはりつづけて
青白い灯りに数台眠らせて立体駐車場湖底のごとし

内側にまばゆきひかり容れつづけ苦しきまでに立体駐車場

川の面の杭につきたる骸にも淡雪つもれひたにやさしく

冬の日のプールサイドに仰向けにかへされてゐる空色ベンチ

金色にすね毛光らせ少年ら暮れの浜辺に膝をかかへる

埋められし鯨の心臓冬を越え真紅の蝶とならむ時まで

抜かれたる骨格は高くかかげられ鯨の影を地面におとす

天涯の花

生と死に惹かれ在ることの苦しさを春の嵐に鉄塔はたつ

頭《づ》に袋おほふ手つきをおもひつつサドルに布を伸ばしておほふ

口づけのあとをおもひて熱もてる創《きず》に触れをり午後の艇庫に

少年をながめしジッドの眼鏡《がんきやう》は毀れた雲をうつしつづけて

胎内のみみが耳になる昏さにて山のなだりにかたくりの花

青き血を抜かれただよふカブトガニ海溝の夜にやがて落ちゆく

開かれたポストの中を下がりゐる牛の胃袋のごとき見てゐつ

きみの頭かき抱《いだ》くたび見えてくる夕闇にくらく膨らむ山陵《みささぎ》

一度きり触れしひとりの首筋よ靄は山肌をかすめてゆけり

いづこへもゆけぬ想ひはのぼりきるてまへで葛にのまるる階段《きざはし》

死者もやがて老ゆる日の来む崖下の廃園の夜のドクダミは咲き

まはりゆく白き風車の翼みゆ島より来たる少年の声に

水紋の光ゆらめく青かへで死んだ初恋の横顔に似て

死神《プルート》と呼べばまなこを見ひらきて谷底の闇おもふ木菟

長雨に枇杷の実ともる暗道を傘の持ち手をふたりで握り

晩夏光　骨組みだけの海の家きみは最期に見たいといふを

燃えさかる風車の画面のぞくとき炎のなかに映る眼球

曇天と同じ色した海をゆくガスタンクつみ大いなる船

恋人の瞼ふたひら斬り落としとこしへに見よ天涯の花

展望台から I

もう母は住んでゐないときみの見るひかりの海にかすむ四国よ

海底まで網は満ちゐて海面にはきらきら光る浮標《ブイ》のつらなり

ふたりとも子のをらざれば見下ろしぬテーマパークのパラソルいくつ

空港島とほくかすみてたたまざる白き翼の眠れるが見ゆ

さくら咲く向かうの闇にテーマパークちひさきひとら吸ひこまれゆく

出奔せし父の通ひし橋といふきみの眼《まなこ》のくらき破船は

海峡をわたす大橋ときどきは霊柩車も背にのせてゐむ

きみとわれに二度と触れあふことはなく望遠レンズに橋は迫りて

子をもつはどんなおもひか奇妙なる獣の遊具ふたりして乗る

感情はいつか途切れるきみとゆく桟橋もまた終はりのあるを

釣堀の囲ひのなかの魚の眼も網ごしになほ夕明かりせむ

III

Eternal yesterday

「浩一《こういち》はいつも俺の左側を歩く。自分の利き手を俺の近くに置き、急な事態に備えるためだと説明する。」（榎田尤利『永遠の昨日』）

傘はなく昇降口に立ち止まるきみの横顔まぶたに鎖《とざ》す

きみだけにあだ名で呼ぶこと許させてコンパスの針にとどめ刺す蝶

お互ひを「一番すきだ」といひ合ひて少年の膝窩《しつくわ》幽明に入る

背伸びしてキスを交はせば肩の向かう夜にみちゆく白さるすべり

耳朶を噛む　ふるへるきみの咽喉《のみど》には翡翠の皺のガリラヤ湖あり

とりどりにテントは灯り湖底《うなぞこ》の双魚となりて眠れるぼくら

どちらとも雨男だらう雨粒の影があなたの瞼におちて

いつもどほりぼくの左を歩みゐて草生にたふるる轢死のからだ

ただ神は少年のたふれゆくさまをスローモーションで見下ろしたまふ

雨がきみの血潮のすべて流し去り草生のなかをましろきシャツは

なにひとつ昨日と変はらぬ日を希《ねが》ひ歪んだままのきみの生存

逝くことのわかりてをれば初恋の顎《あぎと》のくらく尖りてゆくを

生くるとは忘るることか肉声の肉塊《にくくわい》から闇に細りてゆくも

友情をうしなふことを怖れては告げえぬままに縊りしおもひ

忘れてくれ　あの世に半身残したまま街をゆく半透明のひと

きみの横顔かかへて生きる蜂の死を抱き込みとぢる蓮《はちす》くらがり

忘れようは忘れざること日照雨《そばへ》ふる記憶のなかの睫毛をぬらす

きみの声おもひ出さうとするうちに海溝の闇におちゆく燭台

永遠はこの世になくてまつしろなリラの花みたす小舟を遠くへ

クロノスの裔

重なりて眠れる兵の臀部見ゆ水煙のごときモザイクの下

クリミア大橋

爆破されし橋の痛みよくるしげに咽喉《のみど》を水にひたしつづけて

救ひとはいかなることか暗がりの崖のなだりに白菊のはな

刺すひとのために刺されるひとのために頭《づ》はおほはれる凍土にいまも

虐殺とはひとつ穴にて埋めること重なり朽ちる妊婦も胎児も

爆撃に腕失ひし少年の見上ぐる空にちぎれ雲あり

ひとはけに神は海岸をぬりつぶし防風林の昏きしづもり

鈴虫の共喰ひの始終見てゐたり反転攻勢とふ語のあはれ

地下壕に生れしひとりの耳奥に壁の内なるくらきせせらぎ

殺さるることをおそれて子を喰らふクロノスの裔《すゑ》ルーシに在りて

壁龕の青年天使は失はれサンダルと指がのこりてゐたり

この世の明かり

あさがほの青に染まりゆくこの夜更けきみの鎖骨に頭あづけて

ひと恋ふる心はいつもあやふくて闇をねぢ込む鶏頭のひだ

肉のなか夜ごとふくらむ枇杷の種子生れざるものの眼となりて

だがやがてホテルの部屋の番号のやうにあなたを忘れる日はくる
死に方など関係ないのだ遠つ世の仏陀はキノコの毒に死ぬるも

銃創をおさふる指に乱れ咲く花はながれて暗渠の渦へ

雲間より光こぼれてゐるところ一艘のいま入りゆくが見ゆ

日に焼けた晩夏のきみの胸板に灯台ひとつきりぎしに立ち

線路脇に小さき流れのあることをあるいはこの世の明かりと思ふ

かがむきみの肩の隆起のその向かう傾いたまま揺るるヨットは

五輪《オリンピック》

リー・シャオペンとふ技のなか風そよぐ草原を跳ねる青き駿馬よ

いまは亡き東ドイツの残したるベーレといふ技ましろき翼

吊り輪とは磔刑の形うなだるる青年の眼窩に影はあつまり

ふたりのヘス

鴉よけのディスクの虹のきらめいて真昼の路地の襞をふれゆく

消しゴムを拾へばはつかふるへゐる少年のしろき踝がある

ガラス張りのビルに廃ビルがうつり込む　死ぬことをいつ知つたのだらう

ぎしぎしと男同士のまぐはひに車と車かさねて牽かる

ルドルフ・ヘス（一八九四〜一九八七）

村を焼く炎は青くかがやきてルドルフ・ヘスのまなこを灯す

降霊に淫するヘスよいつまでも蠟のにほひの抜けぬ黒髪

ロンドン塔に鎖《とざ》されしヘス頸のない王侯の霊とならび語らふ

ルドルフ・フェルディナント・ヘス（一九〇一〜一九四七）

死を統べるひとりのヘスのペン先よガス室にひとをおくりつづけて

吊り下がるふたりのヘスの蹠《あうら》から無数の闇がちらばりてゆく

雪ふる日に

背《せな》と背《せな》あはせてかたみに死を語るどちらが影かきみとぼくでは

おもひそめし日々の遠さよ朝靄に山のもみぢはのまれてゆきぬ

父を憎む少年ひとりをみつめゐる理科室の隅の貂の義眼は

車止めのポールのイルカに雪つもり水族館までの海ぞひの道

吹雪く夜も大水槽に群れをなす鰯のまなこ闇にひらかれ

幾筋も背に傷をもつ鱏《えひ》もまた砂礫のなかをひるがへり眠る

過労死のイルカの骸運ばれる壁ぞひのくらい小道をぬけて

海にふる雪の結晶うつり込む海中の死者のくらきまなこに

雪のかげしづかに落ちて海底の死者のベンチに揺らいでゐたり

柩もつ喪服の黒のゆれてをり雪ふるなかの葬儀場の灯に

「水平にたもて」とひとの声のして柩はすすむ雪に触れつつ

出棺の合図の鳴りて掌を合はす生きるひとのみ息白くして
斎場の煙の絶えずのぼりをり死人のかけら雪に混じるを

眠りゐる少年のまぶた乗せるバス換気口より雪は舞ひこむ

頬におつる雪に目覚めつ鉛色の崖ぞひをゆくバスの夜闇に

地にたふるる脱走兵のまなこにも今宵の雪はうつりてをらむ

死にたるをたしかむるため刺す銃剣おもひて傘を堅雪に刺す

展望台から Ⅱ

この場にはゐないあなたとのぼりゆく海彦といふ名のゴンドラに乗り

右肩に触れゐしときのおぼつかなさきみの横顔ゴンドラに残り

白線を海にひきゆくボート見ゆ心と脳《なづき》わけたし時に

ハヤブサはま白き鳥を追ひ回し疲れてしまつたきみのこころは

釣り人の頭蓋を指でなぞりをりたはむれに神のするがごとくに

羽を休むる鳩のごとくに真つ白なパラソルならぶ須磨の浜辺は

肉体は器でしかなく魚《うを》を容れゆるる釣堀風に朽ちゆく

父の影のぶるをおそれて刀身の冷たさに慣れしきみの手首は

釣堀の底まで夏の日は満ちてあなたの四肢を薬かけめぐる

きみの飲みし錠剤の色のあざやかさ幹より吹き出す蘇芳の花は

空港まで海底を這ふ電線に夜ごとあつまる死んだ水夫よ

病室のあなたは見つむ窓のそと父の姿に糸杉はたつ

坂多き町

歩道橋事故

面ざしを闇に与へようつむける人の像《かたち》は正座をつづけ

供へ花いつもあたらし喪失をかかへしものの永遠の刻《とき》
刻まれし子らの名前にとまりたる紋白たかく高くそひゆけ

怒号さへ橋桁にのまれ群衆はうねりふくらみ大蛇となるも
曲がりたる手すりの奥のひかりには怯えた子どものまなざしが在る

城址

城石の隙間をうめる豌豆《ゑんどう》の鮮らけく記憶の兄《ひと》は少年のまま

石と石の境の闇に今もなほ紅き舌いだす金蛇《かなへび》かなしも

城石の下敷きとなり死ぬるひとそののちをひらく豌豆の花

ひしめける真鯉の口をぬひてゆくすずしき貌の鳰《にほ》の一羽は

それぞれの影を持ちゐてしづもれる城石の頬を撫でつつゆくも

坂多き町に眠れる自転車のペダルをおほふ野朝顔のあを

鉢植ゑの朝顔が坂を下りてきてつるの間に見えたる少女

暗渠になる寸前のくらききらめきよ臨終のひとのまなこにも似て

櫓のみ残れる城に心臓のあたりは昏き森となりゐつ
あの兄《ひと》の声も忘れつ傾いて伸ぶる櫓の影にそひゆく

あとがき

一昨年、故郷の神戸に引っ越しをした。そこは神戸でも西の果ての海沿いの小さな港町である。坂や階段が多く、阪神淡路大震災前の神戸を色濃く残している。わたしは、この小さな町の路地を通るたび、忘れていた過去や記憶の亡霊と何度もすれ違った。また、坂の上、階段、電車や教室の窓、あらゆる場所から海が見えた。知らないうちに潮騒が歌に流れ込んでくる。

近くに海が最もきれいに見える場所がある。ある日の明け方、わたしはベンチに座り、ジョギングするひとや犬を連れているひとを眺めた。朝の微光を受けた彼らの顔は、夢のつづきを見ているようであった。帰り際、海へ到る歩道橋に正座をしている像を見た。それは、歩道橋事故で亡くなった子どもたちを追悼するモニュメントだった。途端に、目の前は暗くなり、地面は裂け、人々の怒声や叫び声、むせかえるような体熱を感じ、苦しくなった。そして、無意識のうちに歌に詠んでいた。

歌には、体験の有無に拘わらず、その場所に生きていたひとの姿や風の匂い、木々のゆらぎを蘇らせ、とどめる力があるのではないか。初めて歌を詠むことの意味をつかんだような気がした。

薄明りの空が海をかすかに染めていた。

最後に、ご多用の中、栞文をお寄せくださった歌人の川野里子さま、小説家の榎田尤利さまに深く感謝申し上げます。

二〇二四年一月七日

楠　誓英

二〇二四年一月十七日　印刷発行

歌集　薄《はく》明《めい》穹《きゅう》

著者　楠《くすのき》　誓《せい》英《えい》

発行者　國兼秀二

発行所　短歌研究社
郵便番号一一二-〇〇一三
東京都文京区音羽一-一七-一四　音羽YKビル
電話〇三-三九四四-四八二二・四八三三
振替〇〇一九〇-九-二四三七五番

印刷　KPSプロダクツ

製本　牧製本

検印省略

ISBN978-4-86272-755-8 C0092